COLLECTION DE M. M B***

Vente du Mercredi 7 Février 1912

HOTEL DROUOT — SALLE N° 10

N° 3 du Catalogue.

TABLEAUX

DESSINS

ESTAMPES

Mᵉ LAIR-DUBREUIL.   M. LOYS DELTEIL

EXPOSITION PUBLIQUE : Hôtel Drouot, Salle N° 10
Le Mardi 6 Février 1912, de 2 à 6 heures

FRAZIER-SOYE

Graveur-Imprimeur

153-157, RUE MONTMARTRE

PARIS

7 Février 1912

CATALOGUE

DES

TABLEAUX

DESSINS

&

ESTAMPES

DE LA

COLLECTION DE M. M. B***

———

Dont la vente aura lieu

à Paris, HOTEL DROUOT, Salle N° 10

Le Mercredi 7 Février 1912

à 2 heures précises

———

Par le Ministère de M⁰ F. LAIR-DUBREUIL

COMMISSAIRE-PRISEUR

6, Rue Favart, 6

Assisté de M. LOYS DELTEIL, Graveur et Expert

2, Rue des Beaux-Arts

CONDITIONS DE LA VENTE

Elle sera faite au comptant.

Les adjudicataires paieront *dix pour cent* en sus des enchères.

M. Loys Delteil remplira les commissions que voudront bien lui confier les amateurs ne pouvant y assister.

MM. les amateurs pourront visiter la collection, 2, *rue des Beaux-Arts*, du Mercredi 31 Janvier au Samedi 3 Février 1912, de 2 heures à 6 heures.

Exposition Publique, Hotel Drouot, Salle n° 10, le *Mardi 6 Février 1912, de 2 heures à 6 heures.*

CALENDRIER

DES

VENTES PROCHAINES

7 Février : COLLECTION DE M. M. B***. TABLEAUX, DESSINS, ESTAMPES.
M° LAIR-DUBREUIL, Commissaire-Priseur.

— : ESTAMPES MODERNES.
M° ANDRÉ DESVOUGES, Commissaire-Priseur.

— : ESTAMPES DU XVIII° SIÈCLE.
M° ANDRÉ DESVOUGES, Commissaire-Priseur.

— : COLLECTION DE M. EDM. HARAU-COURT.
ŒUVRE GRAVÉ, de F. ROPS.
M° LAIR-DUBREUIL, Commissaire-Priseur.

Mars : COLLECTION LOUIS VALENTIN (2° partie).
1° : COSTUMES ET MODES, MŒURS, PETITES PIÈCES RONDES.
2° : ESTAMPES ANCIENNES ET MODERNES. — ŒUVRE de CH. MERYON.
M° LAIR-DUBREUIL, Commissaire-Priseur.

— : COLLECTION DE M. CH. BERMOND.
ESTAMPES DES XVI°, XVII°, XVIII° et XIX° SIÈCLES.
M° ANDRÉ DESVOUGES, Commissaire-Priseur.

— : COLLECTION L. REMY GARNIER.
ESTAMPES DU XVIII° SIÈCLE — CARICATURES — MODES — PIÈCES HISTORIQUES — RECUEILS — DEBUCOURT — MERYON — DAUMIER.
M° ANDRÉ DESVOUGES, Commissaire-Priseur.

Avril : COLLECTION CHARLES MALHERBE.
CARICATURES ET SCÈNES DE MŒURS : DAU-MIER, GAVARNI, MONNIER, TRAVIÈS, etc.
M° ANDRÉ DESVOUGES, Commissaire-Priseur.

Mai : COLLECTION LOUIS VALENTIN (3° partie).
ESTAMPES DU XVIII° SIÈCLE : ŒUVRES de BAUDOUIN, CHARDIN, LANCRET, LAVREINCE, MOREAU, WATTEAU, etc.
M° LAIR-DUBREUIL, Commissaire-Priseur.

N° 20 du Catalogue.

DÉSIGNATION

PEINTURES & DESSINS

ANONYME (xixᵉ siècle)

90   1. Femme nue étendue et lisant. — Femme nue couchée. Deux peintures, la seconde d'après Jules
Lefebvre. Encadrées.

BARRIAS (F.)

67   2. La Bacchante. Peinture signée. Encadrée.
L. 305. H. 232.

BARYE (A. L.)

1050   3. Cheval piaffant. Aquarelle. Signée. Encadrée.
L. 158. H. 146.

120   4. Un Lion. A la mine de plomb. Cachet de la vente.
L. 218. H. 143.

5. Etude de Chats. 1ᵉ pensée de la lithographie. Crayon noir. Cachet de la vente.

L. 215. H. 140.

6. Une Lionne. Fusain. Cachet de la vente.

L. 198. H. 125.

BECKER (Georges)

7. Buste de Femme à la mantille. Peinture. Signée. Encadrée.

H. 400. L. 310.

BELLANGÉ (Hippolyte)

8. La Halte au village. A la plume, lavé de sépia. Signé des initiales. — Brigands Espagnols. A la mine de plomb. Deux dessins.

BENOUVILLE (Léon) — BALDANCOLI (V.) WATTIER

9. Buste antique. Mine de plomb. — Un Doge, aquarelle. *Signée*. — Un Albanais, sépia, *signée*.

BENJAMIN-CONSTANT

10. Tête de Bohémienne. Fusain. Signé des initiales. Encadré.

H. 270. L. 235.

BONINGTON (R. P.)

11. Gros Temps. Aquarelle. Encadrée.

L. 230. H. 144.

CALAME (Alexandre)

12. Paysages. Quatre dessins, plume ou crayon. Cachet de la vente.

CHAPLIN (Charles)

13. L'Oiseau mort. A la sanguine. De forme ovale. Signé. Encadré.

H. 240. L. 190.

CARRIER-BELLEUSE (A.)

14. Femme nue, debout. Crayon avec rehauts de blanc.
H. 410. L. 195.

15. Le Char de l'Amour. — Motif pour une coupe.
Deux dessins rehaussés.

Nº 6 du Catalogue.

CAUCHOIS (H.)

16. La Bourriche de fleurs. Peinture. Signée. Encadrée.
L. 215. H. 158.

COIGNET (Jules)

17. Etudes de Paysages, 68 dessins.

COMTE (P. C.)

18. Le Portrait. Peinture. Signée des initiales et datée : 1858. Encadrée.
L. 300. H. 270.

19. Richelieu et Corneille. — Le Portrait. Deux dessins, mine de plomb et encre de chine.

COROT (J. B. C.)

500

20. Panorama de Rouen. Esquisse peinte. Cachet de la vente. Encadrée.

L. 335. H. 122.

120

21. Les Rochers. Etude peinte. Cachet de la vente. Encadrée.

L. 620. H. 345.

1220

22. La Cathédrale de Chartres. A la mine de plomb. Cachet de la vente.

H. 424. L. 288.

100

23. Arbres au Bas-Bréau (Fontainebleau). A la mine de plomb. Daté : 1832. Cachet de la vente.

L. 390. H. 285.

155

24. Gorges d'Apremont (Fontainebleau). A la mine de plomb. Daté : 1831. Cachet de la vente.

L. 400. H. 255.

150

25. Paysanne assise sous bois. Mine de plomb. Cachet de la vente.

H. 339. L. 318.

DAUBIGNY (C. F.)

350

26. Les Blés. Peinture. Cachet de la vente. Encadrée.

L. 242. H. 142.

210

27. Paysage. Peinture sur bois (fendue). Signée. Encadrée.

L. 365. H. 195.

DAUZATS (Adrien)

?

28. Porteuse d'eau. A la mine de plomb, lavé d'aquarelle. Signé des initiales. Encadré.

H. 248. L. 178.

35

29. Un Moine. — Paysanne près d'un bénitier. Deux aquarelles signées postérieurement du nom de Delacroix.

24

30. Tanger, croquis divers. — Etudes d'animaux, etc. Huit dessins ou croquis, (4 rehaussés d'aquarelle).

Nº 22 du Catalogue.

N° 26 du Catalogue.

N° 105 du Catalogue.

31. Album de voyage contenant 36 feuillets de croquis vues, paysages, marines ou figures.

DEBAT-PONSAN

32. Buste de Paysanne. Peinture. Signée. Encadrée.
H. 245. L. 150.

N° 39 du Catalogue.

DECAMPS (A. G.)

33. Le Fumeur. Sépia, dédicace, signée: *De Camp*, et datée 184 (1). Encadrée.
H. 286. L. 203.

DELACROIX (Eugène)

34. Etude de Chat, esquisse peinte. Encadrée.

H. 110. L. 095.

35. Cheval dans une stalle. Etude peinte. Encadrée.

H. 155. L. 127.

36. Etude d'un Seigneur. Aquarelle. Cachet de la vente.

H. 237. L. 145.

37. Le Chevalier et son Page. Aquarelle. Cachet de la vente.

H. 157. L. 130.

38. Maure à l'affut. Aquarelle. Cachet de la vente.

H. 195. L. 159.

39. Etude pour l'*Education d'Achille*. A la mine de plomb.

H. 202. L. 166.

40. Démosthène harangue les flots de la mer, pour la *Coupole du Palais-Bourbon*. A la mine de plomb. De forme octogone. Cachet de la vente.

L. 285. H. 230.

41. Homme attaqué par un lion. A la plume. Cachet de la vente.

H. 216. L. 170.

42. Etudes pour le *Massacre de Scio*, trois feuillets. Cachet de la vente.

43. Etudes pour l'*Entrée des Croisés à Constantinople*, cinq feuillets. Cachet de la vente.

44. Goetz de Berlichingen blessé, recueilli par les bohémiens. A la mine de plomb, sur calque.

H. 225. L. 151.

45. Etudes de Personnages. Deux dessins aquarellés. Timbre de la vente.

46. Figures d'arabes. A la mine de plomb, daté : 29 j^r 56 — Homme chargeant un fusil. — Etude de cheval. A la plume. Trois dessins. Timbre de la vente.

620

47. Etudes d'après des Statuettes Gothiques, 9 feuilles de croquis — Etudes de figures d'après une miniature persane — Figure de Wenceslas de Bohême et détails, soit onze dessins ou croquis.

200

48. La Mer. Dessin aquarellé. Cachet de la vente.
L. 475. H. 300.

N° 40 du Catalogue.

DELACROIX (Eugène) ?

35

49. Etude de personnage assis. Peinture. Encadrée.
H. 270. L. 190.

DELAROCHE (Paul)

11

50. Italienne et son enfant. A la mine de plomb. Signé des initiales.
H. 112. L. 085.

DEVÉRIA (A.)

51. Talma, dans le rôle de Néron. Sépia. Signée et datée : 1823.

52. Ste Famille — Ste Anne — Ste Ursule. Trois dessins à la sépia, signés et datés : 1821.

DIDIER (Clovis)

53. Le Salon de la Guerre, au Palais de Versailles. Peinture. Encadrée.

DIVERS

54. Femme en tenue de soirée, par Bac — Parisienne, par Mesnil — Japonaise, par le même — Fantasia, par E. Courboin — Buste d'Arabe, par Bida — Portrait, 1810. — Coucher de soleil sur la Seine, aquarelle.

55. Sous ce numéro, il sera vendu 42 dessins par Giacomotti, Grolleron, Dauzats et autres.

ÉCOLE FRANÇAISE (1re moitié du xviie siècle)

56. Portrait d'Homme. Peinture attribuée à PH. DE CHAMPAIGNE, Encadrée.

H. 385. L. 295.

FIELDING (Newton)

57. Chèvres dans un paysage. Aquarelle. Signée et datée : 1830. Encadrée.

L. 260. H. 178.

FLANDRIN (Hippolyte)

58. Un Apôtre. A la mine de plomb. Cachet de la vente.

H. 285. L. 161.

59. Un Apôtre. A la mine de plomb. Cachet de la vente.

H. 295. L. 207.

FROMENTIN (Eugène)

60. Cheval sellé. Mine de plomb. Cachet de la vente.
L. 225. H. 140.

N° 33 du Catalogue.

GAILLARD (C. F.)

61. Mgr Pie. A la mine de plomb. Griffe de la vente.
H. 186. L. 138.

62. La Vierge d'Orléans, à la plume, sur bois, d'après Raphaël. — Etude d'Enfant pour la Vierge au Lys — Sujet religieux, d'ap. un Primitif. Trois dessins ou croquis.

GÉRICAULT (J. L. Théodore)

63. Cheval se cabrant, maintenu par un homme. Crayon. Encadré.

L. 255. H. 197.

GÉRICAULT (attribué à Th.)

64. Etude de tête. Peinture. Encadrée.

H. 385. L. 310.

GIACOMOTTI

65. Tête de Juive. Peinture. Signée. Encadrée.

H. 405. L. 310.

66. Femme et Amour. Crayon noir. Signé. Encadré.

H. 420. L. 289.

GRANDVILLE (J. J. I.)

67. Les derniers Écus. A la plume.

H. 102. L. 083.

68. Mardi Gras — Le Peintre paysagiste. Deux dessins à la plume.

GUYS (Constantin)

69. La Promenade. A l'encre de chine.

H. 174. L. 121.

70. Chanteuse de café-concert. A l'encre de chine.

H. 202. L. 123.

71. Lanciers — Etudes. Trois dessins à l'encre de chine et à la sépia.

HERVIER (Ad.)

72. Vieilles maisons, Dieppe, 1844. Aquarelle. Signée du monogramme.

H. 175. L. 130.

ISABEY (Eugène)

73. Diligence dans la Montagne. Crayon avec rehauts de gouache.

H. 264. L. 177.

JACQUEMART (Jules)

74. Marine. Aquarelle. Signée et datée : 75. Encadrée.

L. 285. H. 218.

JEANNIOT (Georges) — ROCHEGROSSE (G.)

75. Grandes Manœuvres — Les Vendanges — En Wagon — Les Rois. Quatre dessins, signés.

LANCRET (attribué à N.)

76. Croquis, 5 contre-épreuves de sanguines.

LANOUE (Hippolyte)

77. Tabar. Pastel. Encadré. Signé des initiales.

L. 700. H. 500.

LENFANT (attribué à)

78. Portrait équestre d'un Maréchal. Crayon noir, avec légers rehauts.

H. 540. L. 395.

LÉVY (Emile)

79. Laveuses à Subiaco. Peinture. Signée et datée : 1862. Encadrée.

L. 270. H. 210.

LUTTEROFF — PINCHART

80. Temps couvert. Aquarelle — La Neige. Gouache. Signées. Encadrées.

MAIDIAT ?

81. Fleurs. Peinture. Encadrée.

H. 940. L. 720.

MAIGNAN (Albert)

82. L'Autruche sacrée. Peinture. Signée. Encadrée.

H. 420. L. 280.

MAIGNAN (Alb.) — POIRSON (V. A.)

83. Le Fils du Titien — Contraste. Deux dessins à la plume, signés.

MANGEANT (P. E.)

84. Temple de l'Amour, à Versailles. Pastel. Encadré.

H. 460. L. 305.

MERINO

85. Scène espagnole. Etude peinte. Cachet de la vente. Encadrée.

86. Buste de Femme. Peinture.

H. 555. L. 460.

MORSTADT

87. Etudes de Chèvres. Crayon noir avec rehauts de blanc sur papier rose. Encadré.

H. 357. L. 255.

NANTEUIL (Célestin)

88. Don Quichotte et Sancho Pança. A la plume, lavé de bistre. Signé et daté : 1873. Encadré.

H. 273. L. 208.

OSTADE (attribué à A. van)

89. La Gueux courbé. A la plume, lavé d'encre de chine. Signé des initiales. On y a joint deux eaux fortes du même maître, dont l'une est une variante du dessin ci-dessus.

OUVRIÉ (Justin)

90. La Cascade, Gérardmer. Peinture. Signée. Encadrée.

H. 390. L. 310.

91. St Laurent du Var. Peinture. Encadrée.

L. 185. H. 106.

PILS (I.)

92. Etude pour la *Bataille de l'Alma*. A la plume. Cachet de la vente.

L. 400. H. 248.

N° 101 du Catalogue.

93. Troupiers faisant la halte. A la mine de plomb. Timbre de la vente.

L. 470. H. 345.

94. Enfants Maures — Soldats débarquant — Attelage d'artillerie. Trois dessins. Crayon noir. Timbre de la vente.

RAFFET (A.)

95. Types de soldat. A la mine de plomb. Cachet de la vente.

L. 330. H. 192.

96. Anier turc — Nicolas Ier — Costumes et croquis de voyages. 12 dessins ou croquis à la mine de plomb ou à la plume, (3 rehaussés d'aquarelle).

REMBRANDT VAN RIJN (Ecole de)

97. La Fuite en Egypte. A la plume.

L. 255. H. 176.

RIBOT (Th.)

98. Nature morte. Peinture. Signée des initiales. Encadrée.

H. 130. L. 117.

RICARDO

99. Le Suisse — Causerie — A la Fontaine — Farniente. Cinq aquarelles et un dessin à la plume. Signés.

ROUGET (G.)

100. La Maladie d'Antiochus. A la mine de plomb. Signé.

L. 350. H. 243.

ROUSSEAU (Théodore)

101. Le Bouquet d'arbres. Crayon noir. Cachet de la vente.

L. 173. H. 105.

102. Le Château à mi-hauteur de la colline. A la mine de plomb. Cachet de la vente.

L. 173. H. 104.

103. L'Étang au batelier. A la plume. Timbre de la vente.

L. 114. H. 097.

104. La Mare. A la mine de plomb. Cachet de la vente.

L. 280. H. 210.

TROYON (Constant)

105. Vaches dans un paturage. Peinture. Cachet de la vente. Encadrée.

L. 370. H. 245.

52   106. Vaches dans un pré. Crayon noir avec légers
      rehauts de blanc. Cachet de la vente.
                                    H. 232. L. 180.

18   107. Le Cheval blanc dans le ravin. Crayon noir, avec
      légers rehauts de blanc. Cachet de la vente.
                                    H. 290. L. 170.

Nº 118 du Catalogue.

40   108. Paysages. Deux croquis au crayon noir. Cachet
      de la vente.

TROYON (attribué à C.)

75   109. Vaches dans un paturage. Peinture. Encadrée.
                                    H. 450. L. 355.

      110. L'Allée. Crayon noir avec rehauts de blanc.
                                    L. 273. H. 175.

VERNET (attribué à H.)

111. Sujet de genre — Attelage de volée — Cavalier
arabe. Trois dessins (un signé des initiales)

VOILLEMOT

112. Femme à la mantille. Peinture. Signée. Encadrée.

H. 540. L. 445.

VOLLON (A.)

113. Coucher de soleil. Peinture. Signée. Encadrée.

L. 260. H. 160.

WILLETTE (Adolphe)

114. En Vacances ! Au crayon bleu, signé.

H. 253. L. 234.

115. La Partie de billard. Crayon, rehaussé de bleu et
de sanguine. Signé.

H. 272. L. 260.

116. La Marchande de Journaux ; au verso, autre dessin. Mine de plomb et crayon bleu. Signé du
monogramme.

H. 254. L. 203.

117. Lettre ornée — Quo non ascendam ! Deux croquis,
signés.

ZIEM (Félix)

118. S' Ouen-isle. A la plume, lavé de sépia. Signé et
daté : 1878.

L. 335. H. 245.

ESTAMPES

BOUCHER (d'apr. F.)

119. Femme à la rose. Belle épreuve *avant toute lettre* (petite cassure et épidermure). Collection Behague.

GAILLARD (C. F.)

120. Sœur Rosalie (B.). Très belle épreuve avec *la lettre grise*, sur chine.

121. La Joconde, d'apr. L. de Vinci. Belle épreuve sur chine.

122. Gaillard (C. F.), par de Mare — Œdipe — Condottière — Gattamelata — Académie — La Nuit — Jean Bellin, 2 états. Huit pièces. Belles épreuves (2 *avant* la lettre).

HERVIER (A.)

123. Scènes diverses, Paysages et Marines, 11 lith. Belles épreuves sur chine.

MILLET (J. F.)

124. La Couseuse (Loys Delteil 9). Très belle épreuve du 2ᵉ état (sur 3).

125. La Baratteuse (10). Superbe épreuve du 2ᵉ état (sur 3).

126. Le Paysan rentrant du fumier (11). Superbe épreuve du 1ᵉʳ état.

REDOUTÉ (J. P.)

127. LES ROSES, *par P. J. Redouté. — Paris, chez l'auteur*, 1819— Tome Ier (en feuilles, texte complet, 54 planches (sur 56) et T. II (en feuilles, incomplet du titre, des pages 17 à 28, 53 pl. (sur 59). Très belles épreuves.

128. *Le Bouquet royal, œuvre posthume de P. J. Redouté —* Paris, 1843, couv., dédicace, portrait et 4 pl. Bel exemplaire.
On y a joint 4 pl. de fleurs.

129. Sous ce numéro, il sera vendu par lots, environ 275 pièces.

II° PARTIE

DESSINS MODERNES

APPARTENANT A DIVERS

ANONYME

52   130. Standish (Mme) Gouache. Encadrée, cadre ovale, bois sculpté.

BARYE (A. L.)

100   130 *bis*. Aigle et serpent. Haut-relief, cuivre.

BEAUMONT et GRÉVIN (d'après Ed. de)

172   131. Scènes de Mœurs, 17 dessins aquarellés.

BOUDIN (Eugène)

345   132. Souvenir d'un jour de bourrasque, Le Hâvre. Aquarelle. Signée. Encadrée.

L. 323. H. 233.

BOUY (G.)

82   133. Jeune Femme assise. Aux crayons de couleurs. Signé. Encadré.

H. 535. L. 325.

CARPEAUX (J. B.)

175   134. Scène de l'Histoire Romaine. Esquisse peinte. Encadrée.

L. 540. H. 440.

CARRIÈRE (Eugène)

100   135. Buste de Femme. A la sanguine. *Avec dédicace.*
Encadré.

H. 196. L. 200.

N° 169 du Catalogue.

CHAPLIN (Charles)

110   135 *bis*. Portrait de jeune Garçon. Peinture. *Signée* et
datée : 1860. Encadrée. Forme ovale.

H. 580. L. 480.

CHÉRET (J.)

95   136. Jeune Femme au chapeau de paille. Crayon noir,
rehaussé d'aquarelle. Signé. Encadré.

H. 385. L. 237.

COLIN (Paul)

40   136 *bis*. L'Etang aux Canards. Aquarelle. *Signée.*

L. 500. H. 290.

136 *ter*. Près de la Mare. Aquarelle. Signée.
L. 500. H. 290.

COROT (J. B. C.)

136 (4). Marguerite, Faust et Méphisto. Peinture (M. N. 1588).
H. 220. L. 130.

Nº 137 du Catalogue.

136 (5). Le Flanc de la Colline. Fusain.
L. 229. H. 154.

DAUMIER (Honoré)

137. Au Théâtre. A la plume, lavé d'encre de chine et d'aquarelle. Signé des initiales. Encadré.
H. 098. L. 082.

DEBUT (Marcel)

138. Le Maréchal-ferrant. Pastel. Signé. Encadré.
H. 530. L. 430.

DEVÉRIA (Achille)

110

139. Odalisque. Crayon, lavé d'aquarelle. Encadré.

L. 400. H. 270.

DUPRÉ (Jules)

80

140. La Route. Crayon noir. Signé. Encadré.

H. 550. L. 420.

ECOLE FRANÇAISE (XVIIe siècle)

15

140 *bis*. Paysage d'Italie. Peinture. Encadrée.

H. 490. L. 340.

ECOLE FRANÇAISE (1re moitié du XIXe siècle)

40

141. Portrait de jeune Femme. Aux crayons de couleurs. De forme ovale. Encadré.

H. 210. L. 157.

ETTY

125

142. Etude de Femme nue couchée. Peinture. Encadrée.

FORAIN (J. L.)

450

143. Le Cabinet particulier. A la plume, légers rehauts. *Signé*. Encadré.

L. 367. H. 169.

260

144. La Toilette. A la plume, rehaussé d'aquarelle. Signé. Encadré.

H. 390. L. 305.

104

145. *Leurs mamans : Ça, c'est la première fois....* Crayon noir et encre de chine. Signé. Encadré.

H. 405. L. 260.

175

146. Redis-moi donc le sonnet.... A la plume, avec rehauts, *signé*. Encadré.

H. 400. L. 320.

80

147. Portrait de Femme. Crayon noir et sanguine. Signé. Encadré.

H. 432. L. 292.

162 148. Déclaration. Crayon avec légers rehauts. Signé.
Encadré.
H. 340. L. 260.

70 149. Le Failli? A l'encre de chine. *Signé*. Encadré.
H. 340. L. 250.

N° 144 du Catalogue.

130 150. Juifs et anarchiste. A l'encre de chine, avec légers
rehauts. Encadré.
H. 345. L. 265.

70 151. La Bonne aventure. A l'encre de chine. *Signé*.
Encadré.
L. 285. H. 280.

37   152. La Confidence. Crayon noir.
L. 390. H. 365.

40   153. Pochard sur un banc. A l'encre de chine. *Signé*.
L. 450. H. 380.

31   154. Conduite au poste, « passage à tabac ». A la plume.
H. 350. L. 300.

GAVARNI

57   155. Modes et détails de costumes de femmes, 19 croquis à la mine de plomb ou au crayon noir, ren-
fermés sous 3 cadres.

GREVEDON (Henri)

32   156. Portrait de jeune Femme. A la mine de plomb.
Signé. Encadré.
H. 270. L. 210.

GUYS (Constantin)

227   157. La Promenade. Plume et encre de chine. Encadré.
H. 395. L. 268.

245   158. Intérieur de maison hospitalière. Sépia et encre
de chine. Encadré.
L. 410. H. 265.

192   159. La Loge. Plume et encre de chine. Encadré.
L. 300. H. 225.

100   160. Horizontale. A l'encre de chine. Encadré.
H. 295. L. 192.

102   161. Un Monsieur et une Dame. A l'encre de chine.
Encadré.
H. 160. L. 135.

HELLEU (Paul)

73   162. Le Repos (Mme H***). A la sanguine, avec rehauts
de blanc. *Signé*. Encadré.
H. 770. L. 525.

50   163. L'Enfant endormi. A la sanguine. *Signé*. Encadré.
H. 430. L. 280.

164. Femme au piano. Encre de chine, avec légers rehauts. Encadré.

H. 470. L. 328.

Nº 157 du Catalogue.

165. Femme étendue sur un canapé. Encre de chine,
avec légers rehauts. Signé. Encadré.

L. 510. H. 355.

ISABEY (J. B.)

166. Portrait d'un écrivain. Crayon noir avec rehauts de gouache. Signé. Encadré.

H. 440. L. 365.

LA GANDARA (A. de)

167. Miss S.... Pastel et crayon noir. Signé. Encadré.

H. 500. L. 325.

LEMORDANT (J.)

168. Brûleuse de varech. Aquarelle. *Signée*. Encadrée.

L. 530. H. 450.

LEPERE (Auguste)

169. Printemps. Aux crayons de couleurs. Signé. Encadré.

L. 335. H. 258.

MARQUET (Albert)

170. Coucher de soleil, à St Jean de Luz. Peinture. Encadrée. *Signée*.

L. 305. H. 233.

171. L'Estérel, environs de St Tropez. Aquarelle. *Signée*. Encadrée.

L. 300. H. 198.

MATISSE (Henri)

172. Eglise St Gervais, St Protais, vue des quais. Peinture. *Signée*. Encadrée.

H. 240. L. 220.

173. Le Moulin. Peinture. *Signée*. Encadrée.

H. 355. L. 300.

MENZEL (Adolphe)

174. Etudes pour le *Marché de Vérone*. Au crayon noir, signé des initiales. Encadré.

L. 310. H. 232.

N° 166 du Catalogue.

MERSON (Luc-Olivier)

174 *bis*. Personnages en pied, en costumes du Moyen-Age. Dix grandes aquarelles gouachées. *Signées.*

PICART-LEDOUX

175. *Tout l'Amour*, roman de Lucie Delarue-Mardrus, un des 10 exemplaires sur grand papier, enrichi de 50 aquarelles originales, par Picart-Ledoux.

PICOT

176. Compositions religieuses. Trois importants dessins à la mine de plomb. Encadrés.

RAFFAELLI (J. F.)

177. La Place de la Madeleine. A la plume.

L. 266. H. 200.

ROBERT-FLEURY (Tony)

177 *bis*. Italienne d'Ischia, assise. Peinture.

H. 230. L. 153.

RODIN (Auguste)

178. Femme nue paraissant s'élever. A la mine de plomb, rehaussé d'aquarelle. Signé.

H. 307. L. 173.

179. Femme se dévêtant. A la mine de plomb, rehaussé d'aquarelle. Signé.

H. 302. L. 177.

180. La Toilette. A la mine de plomb, rehaussé d'aquarelle. Signé.

H. 298. L. 163.

181. Femme accroupie. A la mine de plomb, rehaussé d'aquarelle. Signé des initiales.

L. 283. H. 175.

182. Perversité. A la mine de plomb, lavé d'aquarelle, *Signé.*

H. 298. L. 190.

65   **183.** Femme en chemise. A la mine de plomb, lavé
d'aquarelle. *Signé.*

H. 310. L. 196.

N° 173 du Catalogue.

50   **184.** Femme assise, de dos. A la mine de plomb, lavé
de sépia. Signé des initiales.

185. Jeune Fille à demi-dévêtue. A la mine de plomb, lavé d'aquarelle. Signé.

H. 313. L. 234.

186. Etude de Femme nue, étendue. A la mine de plomb. *Signé*.

L. 298. H. 195.

187. Femme nue, de dos. A la mine de plomb. *Signé*.

H. 307. L. 155.

ROPS (attribué à F.)

188. Buste de vieille Flamande. Crayon. Signé des initiales. Encadré.

H. 148. L. 104.

SAINT-MARCEL (Edme)

188 *bis*. Lion au repos. A la sanguine.

L. 260. H. 170.

SCHWABE (Carloz)

189. Sujets mystiques. Deux dessins à la plume, lavés d'aquarelle. Signés et datés : 1890. Encadrés.

H. (de chaque dessin), 152. L. 100.

SIGNAC (Paul)

190. S¹ Cloud, vu de la Seine. Aquarelle. *Signée*.

L. 245. H. 178.

SOMM (Henry)

191. Le Promenoir. Aquarelle gouachée. *Signée*. Encadrée.

H. 600. L. 460.

STEINLEN (Th. A.)

192. Les Enfants du mineur. Pastel. *Signé*. Encadré.

H. 610. L. 480.

TEN CATE

193. Rotterdam, effet de neige. Pastel. *Signé*. Encadré.

L. 335. H. 255.

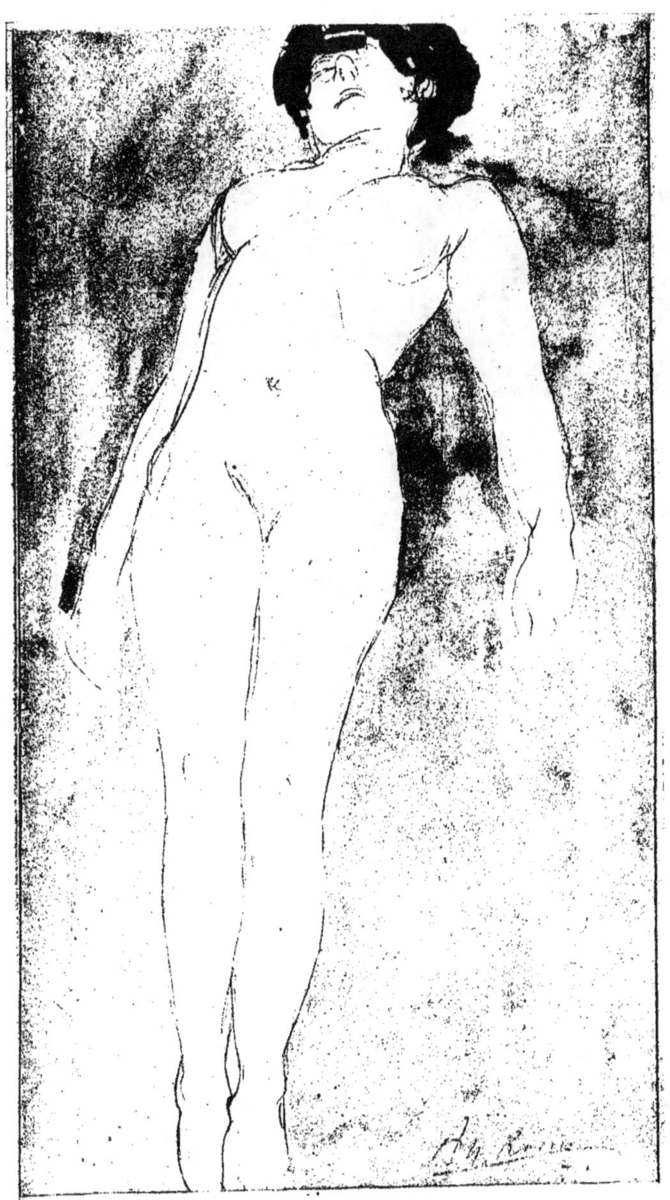

N° 178 du Catalogue.

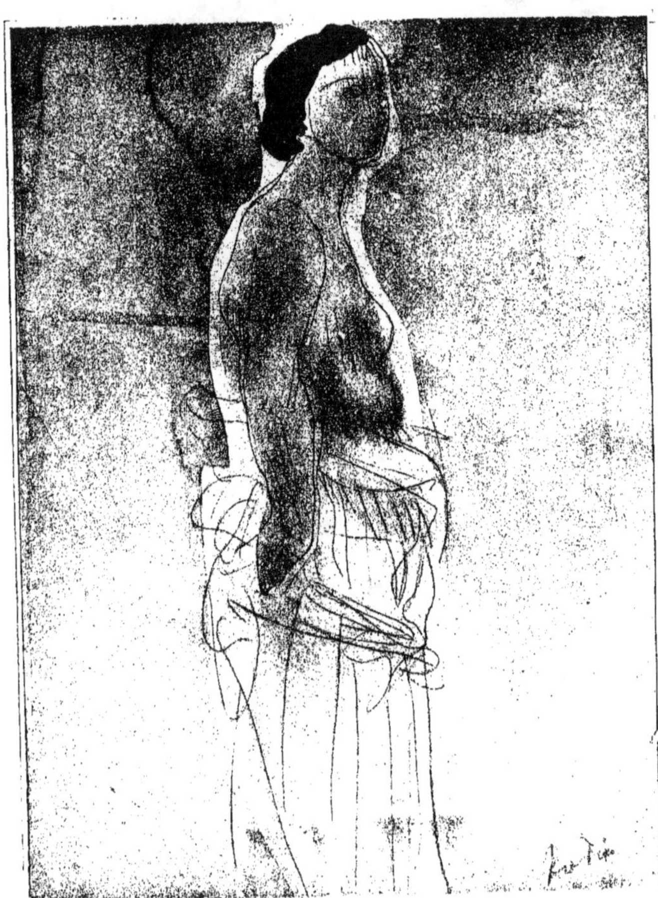

N° 185 du Catalogue.

Nº 171 du Catalogue.

Nº 190 du Catalogue.

TROYON (C.)

194. Le Troupeau. Crayon noir. Timbre de la vente. Encadré.

L. 135. H. 095.

~~195~~. Le Troupeau. Crayon. Timbre de la vente. Encadré.

VEYRASSAT (J.)

196. La Ronde. Fusain. Signé. Encadré.

L. 210. H. 145.

WILLETTE (Adolphe)

197. Scène d'automobile : « *un gros numéro....* » A la plume. *Signé*. Encadré.

H. 263. L. 230.

198. Le Lys en danger. A la plume, lavé d'aquarelle. *Signé*.

H. 365. L. 310.

199. La Femme Anglaise — La Famine aux Indes. Deux dessins à la plume. *Signés*.

Nᵒ 177 du Catalogue.

* 9 7 8 2 3 2 9 4 6 5 1 8 0 *